흐르는 산

히말라야에서 백두대간의 사계절까지

흐르는 산

히말라야에서 백두대간의 사계절까지

초판 1쇄 발행 2025년 5월 30일

지은이 김윤숙
펴낸이 이지은 **펴낸곳** 팜파스
진행 이진아 **편집** 정은아
디자인 조성미
마케팅 김민경, 김서희

출판등록 2002년 12월 30일 제 10-2536호
주소 서울특별시 마포구 어울마당로5길 18 팜파스빌딩 2층
대표전화 02-335-3681 **팩스** 02-335-3743
이메일 growwhalebook@naver.com

값 23,000원
ISBN 979-11-7026-707-2 (03810)

흐르는 산

히말라야에서 백두대간의 사계절까지

김윤숙 글·그림

그로우웨일

김윤숙의 산 ——

인간의 시점에서 마주한
생명의 풍경

정연심 (홍익대 예술학과 교수)

한국 화단에는 산을 사랑하고 산을 그리는 화가들이 많다. 유영국의
추상적 산, 김종학의 설악산, 박수근의 낮은 능선이 배경이 된 시골 풍경 등
각각의 화가들은 저마다의 방식으로 산과 조우하고 이를 화폭에 담아왔다.
그러나 김윤숙만큼 실제로 산행하며 눈앞에서 생생하게 산을 그려낸
작가는 드물다.

대부분의 화가는 그림을 그리고, 문인은 그에 대한 글을 쓰는 방식으로
협업한다. 그러나 김윤숙은 그림뿐만 아니라 그에 대한 기록과 글까지
직접 써 내려가며, 시각과 언어 모두를 통해 산과의 만남을 풀어낸다.
그의 산은 결코 장식적인 산이 아니며, 멀리서 동경의 대상으로 바라보는
오브제도 아니다.

김윤숙은 안나푸르나와 에베레스트 등 세계 곳곳의 높은 산들을 직접
걸으며 그 산들을 인간의 시점에서 관찰하고 묘사한다. 그의 시점은
신의 눈처럼 전지전능한 위에서 내려다보는 것이 아니다. 오히려 인간의
눈높이에서, 산과 하늘이 어우러지는 가장 자연스러운 시선을 선택한다.

이러한 시각은 광활하고 위압적인 해외의 산을 경험하면서 오히려 한국의
산이 얼마나 친근하고, 일상에서 인간과 함께 호흡하는 존재인지를 깨닫게
한다. 높이에 의해 위협을 느끼기보다는 올라가도 숨이 막히지 않고 오히려
품어주는 듯한 한국의 산에서 그는 '사람 편에 선 산'이라는 인식을 품게
되었고, 이 따뜻한 공존의 감정은 그의 그림 속에 고스란히 스며들어 있다.

김윤숙의 산행은 단순한 여행이 아닌, 그의 삶의 궤적이자 예술의 여정이다.
아직 대중에게 잘 알려지지 않은 백두대간을 비롯한 산길을 따라 걷고
그 풍경을 그리며, 그는 자연에 대한 경외심과 친밀함을 함께 표현한다.
자연은 때로 재난과 위협의 얼굴로 다가오기도 하지만, 팬데믹을 거치며
사람들에게 위로와 치유의 상징이 되었다. 김윤숙의 산은 그 양면성을
고스란히 담아내며, 우리가 다시 자연과 관계 맺는 방식에 대해 성찰하게
한다.

그의 작업 방식 또한 주목할 만하다. 김윤숙은 유화나 아크릴을 매끈하게 사용하는 전통적 방식에서 벗어나, 혼합 매체를 활용한다. 특히 아크릴에 돌가루를 섞어 바위의 질감과 산이 지닌 단단함, 견고함을 물성적으로 표현한다. 그의 그림 속 산은 평면 위에 그려진 이미지가 아니라, 만져질 것 같은 물성을 가진 존재로 다가온다. 사계절의 흐름, 날씨와 시간의 변화, 꽃과 나무의 생명 주기까지 그 속에 함께 담기며, 그의 산은 단지 풍경이 아닌 살아 있는 유기체로 존재한다.

결국 김윤숙은 산을 사랑하는 화가로서, 동시에 산을 통해 인간과 자연의 관계를 성찰하고 표현하는 예술가로 남는다. 그의 그림은 단지 아름다운 경치를 묘사하는 데 그치지 않는다. 그것은 인간애이며, 산속에 깃든 수많은 비인간 존재에 대한 경외와 애정을 담은 시각적 서사다.

산과의 만남

흐르는 산 안나푸르나
혼합재료, 116.8×91cm, 2017

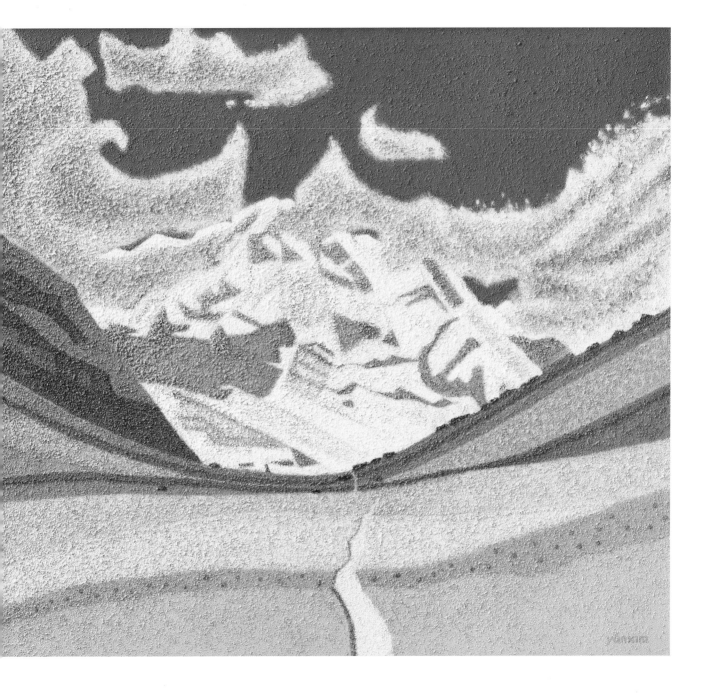

산을 오르게 된 계기는 우연한 일로 시작되었다.

어느 날 지인의 안나푸르나BC 트레킹 산행을 담은 핸드폰 동영상을 보게 되었다.
푸른 하늘 아래 흰 설산 고봉들이 무수히 둘러 있는 모습이었다.
광활한 공간에 푸른색과 흰색만이 존재하며 360도 원을 그리며 이어지는 작은
핸드폰 안의 영상은 충격적이었다.
이런 세상이 있다니!
산이라곤 오른 기억조차 없는 나에게 이런 거대한 흰 산들의 모습은 신비한 상상
속의 세계와도 같았다.
기억을 더듬어 보니 대학 시절 친구 다섯 명과 겨울에 계룡산을 다녀온 일이 있긴
했다. 겨울, 눈이 쌓인 산이 좋았다는 기억은 없고, 미끄러운 산길을 오르느라
고생했던 기억만 희미하게 남아 있을 뿐이었다.

히말라야 영상을 보고 난 후 설산에 대한 강렬한 인상이 떠나지 않았고,
며칠 후 난 안나푸르나에 가리라 마음을 먹었다. 산을 다녀보지도, 알지도
못하는 내가 그런 용기 있는 결심을 한 데는 몇 달 전 혼자서 파리 여행을
한 경험이 한몫했다. 미술관 투어를 하며 한 달을 걸었는데 정신도
맑아졌고, 체력도 좋아졌던 경험이 있었다.
한 달을 걸으니 어디든 갈 수 있고, 무엇이든 할 수 있겠다는 용기와
자신감이 가슴 속 밑바닥에서부터 슬며시 꽉 차 올라왔었다. 생각지도
못했던 이런 힘에 나도 놀랐다.
그때의 경험과 힘이 산을 전혀 모르던 내가 안나푸르나를 가겠다는
결심을 할 수 있게 만들었다.

안나푸르나를 가겠다고 마음먹으니, 먼저 가까운 산부터 시작해야 할 거 같았다.
시간을 내어 산을 다니리라 생각했다. 북한산 족두리봉 한번 갔다 오자 봄이 가고
여름이 왔다. 여름이 되니 더워서 산에 가면 안 될 것 같았다. 곧 가을이 왔는데
이러다가 산에 가는 건 생각으로만 그칠 것 같았다.
답답한 마음에 인터넷을 통해 어느 산을 시작할지 찾아보기로 했다. 몇 시간을
찾던 중 운명적인 백두대간을 만나게 되었다. 그 당시 백두대간에 전혀 무지했는데,
마침 며칠 후 출정식이 있다는 뫼솔 산악회의 일정표를 보게 되었다.
우리나라 등줄기 백두대간을 격주로 이 년 반 동안 이어 산행하는 일정이었는데,
'눈이 오나 비가 오나 한 명만 모여도 산행을 합니다'라는 알림 글이 있었다.
이 문구가 이상하게 마음을 끌었고, 바로 이거다 하는 생각이 들었다. 하지만
출정식 전날, 산행을 전혀 해 보지도 않은 나의 무모한 결정으로 다른 분들께
민폐만 끼치는 건 아닐까 하는 마음으로 걱정이 태산 같았다.

백두대간 시작 첫 산행은 지리산 만복대 구간이었다. 지금 생각하면 비교적
쉬운 구간인데 처음 산행하는 나에겐 너무나 벅찬 산행길이었다.
너무 힘들었지만 천신만고 끝에 오른 만복대 정상에서의 감동을 지금도
생생하게 기억한다.
난생처음 보는 끝없이 굽이굽이 이어지는 능선의 아름다움에 숨이 멎을 것 같은
감동을 느꼈다.
그렇게 운명적인 백두대간에 첫발을 내딛게 되었다. 그로부터 십오 년이 지난
지금도 산은 항상 새롭고 경이로운 존재이다. 산이라는 거대한 자연은 나에게
삶의 철학을 가르쳐 주었고, 내 예술의 뿌리를 찾게 해 주었다.
우연히 만난 산이 이젠 삶의 여정에 없어서는 안 될 중요한 존재가 되었다.

차
례

PART 01 —————

히
말
라
야

흐르는 산 에베레스트

혼합재료, 116.8×91cm, 2017

산은
항상
움직인다

산은 항상 움직인다.

햇살, 바람, 공기와 함께 움직이는 그 안의 생명들과 기운은 언제나 새롭다.

인공적이지 않은 자연의 아름다움은 나의 예술의 화두이다.

흐르는 산
에베레스트

혼합재료
65.1×90.9cm
2023

Blue
and
White

EBC 에베레스트 베이스캠프 트레킹
삼각형의 에베레스트 봉우리가 아주 선명하게 보였던 히말라야의 어느 날,
멀리 보이지만 가까이 있는 듯한 착각이 들 정도로 선명했던 좋은
날이었다.
히말라야 설산의 감동은 잊히지 않을 것이다.
산 그림을 시작하게 만든 'Blue and White'가 눈앞에 있었다.

흐르는 산 아마다블람

혼합재료, 90.9×72.7cm, 2017

영원한
예술

산을 좋아하다 보니 그림도 산을 주로 그리게 됐다.

산은 많은 것을 준다.

에너지와 영감, 어느 순간 만나는 황홀할 만큼 멋진 풍경, 겸손과
넉넉함까지….

능선을 몇 번 넘는, 힘에 버거운 산을 타고 내려오는 순간에도
다음에 오를 산을 생각하며 다시 기쁨으로 꽉 차게 한다.

산은 가만히 정지되어 있지 않다.

그 안에 있으면 나뭇잎, 나뭇가지, 꽃들, 여러 생명체가 바람, 공기, 햇살 등에
계속 움직이고 있다. 어지러울 지경이다.

산에는 또 산마다 다른 기운이 있다.

우리나라 산이 정겹고 푸근하고 언제라도 반겨준다면, 히말라야는 여러 날
오르는 동안 점점 내 안의 것을 내려놓으며 신성한 기운이 느껴지게 한다.

몇 년 전 '백두대간' 그림을 전시한 후, 산에서 받은 이러한 느낌의 연장선
위에 있는 것이 '흐르는 산' 작업이다.

산을 그리는 것은 마치 그 산에 다시 오르는 것처럼 즐거움을 준다. 하지만
나에게 산은 너무 큰 존재이기에 중압감으로 힘들게도 한다.

물감에 돌가루가 섞여 중첩되고 점점 두터워지는 것은 산에 대한 즐거움과
반가움, 경외하는 마음이 녹아 들어가는 과정이다.

거대하고 위대한 자연

언제든 품어주고 위로해 주며 멀리서도 항상 손짓하는 산

나에게는 영원한 예술의 화두이다.

흐르는 산 안나푸르나

혼합재료, 60.6×60.6cm, 2023

안나푸르나

고봉의 설산 히말라야를 걷는 벅찬 감동의 시간들
경이로운 산들의 모습은 인간이 얼마나 작고 나약한 존재인지
자연히 깨닫게 해 준다.
히말라야 대자연을 걷는 한걸음마다 행복감을 느끼게 했고
자연의 한 부분임에 감사했다.

정화

흐르는 산 안나푸르나

혼합재료, 4호S×3, 2018

인간은 자연을 통해서만 깨끗이 정화될 수 있다.
산을 다니며 경험으로 얻은 생각이다.

흐르는 산 안나푸르나

혼합재료, 90.9×72.7cm, 2014

천천히
산행하기

산행을 하다 무릎 부상을 입은 적이 있었다.
낙동정맥을 할 때인데, 검마산에서 작은 사고로 무릎을 다쳤다.
시술을 마치고 한 달 후면 운동이 가능하다고 했지만,
산행을 정상적으로 한 건 일 년이 다 되어서였다.
지금 생각해 보면 사고 당시 산행 속도가 가장 빨랐던 시기였다.
처음 산행을 시작할 땐 워낙 천천히 걸었는데,
산행도 할수록 늘어서 점차 속도가 붙었다.
산행에 자신이 생겼고 빨리 가는 게 재미있어서 조금씩 무리한 산행을
했던 때였다.
시술 후 일 년이 다 되어서 정상적 산행을 하게 됐고,
자연히 다시 천천히 하는 산행으로 돌아가게 되었다.
천천히 하는 산행은 좋은 점들이 많다. 무릎에 무리가 없어서
무릎 보호가 된다는 점이다. 연골은 많이 쓸수록 닳게 마련인데 천천히
산행하면 그만큼 무리가 없어 보호된다.
또 하나 좋은 점,
산에 오래 머물며 좋은 풍경을 만끽할 수 있다는 것이다.
지금까지 무릎에 무리 없이 즐겁게 산행할 수 있는 건 천천히 산행한
덕분이라 생각한다. 사고라는 나쁜 경험이 오히려 잠시 쉬어 가며 좋은
결과가 되었다.

흐르는 산 에베레스트

혼합재료, 90.9×72.7cm, 2017

흐르는
산

산에는 흐르는 기운이 있다.
히말라야 사천 미터를 넘어서면서 광활한 공간 저 멀리 직선의 고봉들,
설산들이 보였다.
이미 높은 곳이기 때문에 고봉들이 구름에 휘감겨 있는 모습들이 바로
눈앞에서 펼쳐졌다. 점점 더 희박해져 가는 공기 속에서 한 걸음 옮기기도
힘들어지고 정신도 혼미해졌다. 드넓은 공간에 우뚝 서 있는 거대한 산
앞에서 신성한 기운이 흐르는 것을 온몸으로 느낄 뿐이었다.
히말라야는 신들의 정원이라고 하는데, 자연스럽게 수긍이 되었다.
나는 그 공간 안에서 한없이 작고 무력한 인간에 지나지 않았다.
히말라야 산들을 보고 내려오면 카트만두의 복잡한 길거리에 있는 허름한
차림의 많은 네팔인이 예사롭지 않게 보였다.
신성한 산 밑에 사는 사람들이라는 생각을 하게 되기 때문이다.

반면에 우리나라의 산은 언제 가도 반겨주고 품어주는 정겨운 산이다.
정답게 맞아주고 내 안의 상처를 치유해 주는 따스함이 가득한 기운이
흐른다.
사계절의 다양한 아름다운 풍경을 볼 수 있다는 것도 행운이다.
내가 사는 이 땅에 이런 산이 있다는 것이 늘 감사하고 자랑스럽다.

히말라야나 우리나라 산은 모습과 기운은 다르지만 항상 살아서 움직이는
기운으로 다가오기 때문에 '흐르는 산'이란 이름으로 산 그림을 그린다.

흐르는 산 에베레스트

혼합재료, 90.9×65.1cm, 2017

진정한
위로

사람들에게 진정한 위로가 되는 산 그림을 그리고 싶다.
위대한 자연이 나에게 준 것을 생각하며….

흐르는 산 에베레스트

혼합재료, 60.6×72.7cm, 2023

Dot

산 그림에서 점(Dot)은 특별한 의미가 있다.
처음 산을 다녀온 후 사실적인 산을 그렸을 때, 내가 직접 산을 오르고
내려오며 느꼈던 산의 느낌을 담을 수 없어서 답답하기만 했다.
산은 셀 수 없이 수많은 시간을 지나며 무수한 자연의 순환을 거쳐서
만들어진 대자연인데, 그곳에서 받은 감동과 아름다움은 사실적인
표현만으로는 너무 부족했다.
많이 고민하던 어느 날, 산에서 느꼈던 기운을 표현하고자 물감 묻힌
붓으로 화면에 점을 툭 찍었다. 몇 개의 점을 찍으니 산에서 느낀
감동과 기운이 드디어 화면 위에 나타났다.
이상한 경험이었다. 그 동그라미에서 기운과 에너지가 느껴졌다.
그렇게 시작된 동그란 점은 내 그림에서 중요한 요소가 되었다.

깊은 산을 표현하고자 돌가루와 물감이 수십 번 중첩되며 올라가
두꺼워졌으며, 동그란 점은 산에 흐르는 기운과 에너지를 나타낸다.
아름다운 내 마음속의 산이 그렇게 만들어지고 있다.

PART 02 ————

백
두
대
간

봄

흐르는 산 설악산 울산바위

혼합재료, 90.9×65.1cm, 2019

설악산
울산바위

푸른 오월에 설악산 공룡능선을 다녀왔다.

녹색으로 빛나는 설악은 고혹적인 모습이었다.

이른 새벽 한계령에서 시작 중청, 대청, 희운각 대피소를 지나 드디어
공룡능선에 들어섰다.

새벽부터 걸어온 고단함과 밀려오는 졸음이 확 달아날 만큼 공룡은
비경이었다.

툭툭 튀어나온 암벽들과 암봉, 거칠기도 하지만 아기자기한 공룡만의
독특한 절경은 세상사 모든 걸 잊게 하는 아름다움이 있다.

공룡능선의 봉우리들을 한참 오르내리다 암벽 사이로 나타난 울산바위….

설악산 종주를 하다 보면 멀리서부터 어느 방향에서건 저 멀리 보이던
울산바위는 언제나 가슴을 뛰게 했다.

어디서 봐도 우뚝 솟아 있는 울산바위의 당당함이 멋있었다.

공룡능선에서 이렇게 가까이 바라보니 더 반가웠다.

언제나 제자리에서 의연함과 충만함을 지니고 있는 울산바위를 닮고 싶다.

흐르는 산 설악산 진달래

혼합재료, 45×45cm, 2024

비몽사몽

어느 봄날, 무박으로 설악산 종주를 한 날이다.
이른 새벽에 한계령에서 중청, 대청을 올라 공룡능선, 비선대로 내려오는
코스였다.
잠을 못 자서 그날 컨디션이 좋지 않았다.
그런데 날씨는 화창한 봄날….
산길을 걸으면서도 계속 졸리고 몸 상태가 안 좋았는데,
너무나 싱그러운 풍경은 비현실적으로 느껴졌다.
대청봉에서 내려오는 길
훤하게 설악이 펼쳐지는 곳,
그 아래로 진달래가 곳곳에 지천이었다.
어여쁜 분홍빛 진달래를 보며 피곤함과 졸음이 다 사라졌다.
따뜻한 봄날 설악의 넓게 이어진 산길에서 맞아주었던 정다운 진달래,
올봄에도 다시 피어나 반가이 맞아주겠지?

흐르는 산 부봉

혼합재료, 45×45cm, 2023

그리움의
색

이른 봄날 우리나라 산에는 진달래가 있어 참 좋다.
진달래꽃의 분홍빛은 그리움의 색이다.
너무 빨갛지 않은 부끄러운 분홍빛의 진달래는 산 어디에서나
시선을 멈추게 한다.
진달래는 정겹지만 처연한 아름다움의 꽃이다.

흐르는 산 설악산 공룡능선

혼합재료, 90.9×65.1cm, 2020

하늘을 오르는 공룡들

공룡능선은 설악산 등산 코스 중에서도 가장 힘들기로 악명 높지만,
가장 아름다운 코스이기도 하다.
역시 산은 힘들게 오른 만큼 비경을 보여주는 건지도 모르겠다.
공룡들이 힘차게 하늘로 오르는 모습이라고 해서 이름 붙인 공룡능선,
이름만큼이나 업다운이 아주 심하다.
좁다란 능선 길을 수십 차례 가파르게 오르내려야 하는데
기암괴석과 함께 역동적인 풍경은 감탄과 감동의 연속이다.
고불고불한 공룡의 능선길을 걸으며 다음에 나타날 놀라운 풍경을
기대하는, 마치 호기심으로 가득 찬 어린아이처럼 공룡을 걸었다.
화창한 봄날 신선대에서 바라본 공룡의 모습인데
여름, 가을, 겨울의 공룡을 화면에 담고 싶은 소망이 있다.

흐르는 산 소백산 국망봉

혼합재료, 72.7×72.7cm, 2020

꽃길

대간 길까지 접속 거리가 오 킬로미터나 돼서
좌석리에서 고치령까지 마을 이장님의 트럭으로 이동했다.
이번 구간은 육산이기 때문에 오르막이 있어도 마음이 편했다.
상월봉에서 국망봉까지의 숲길엔 마침 철쭉이 한창이었다.
천 미터 고지의 소백산 철쭉은 꽃도 크고 색도 연한 분홍빛으로
고급스럽고 소박한 아름다움이 있다. 소백산을 늦은 봄에 오른 건
처음이었는데, 철쭉꽃이 만발한 소백의 모습은 반할 만큼 새로웠다.
겨울 소백산의 눈 덮인 풍광이나 칼바람 부는 웅장한 주 능선만 보다가
아기자기한 꽃동산을 보니 낯설기조차 했다.
산은 계절마다 전혀 다른 모습을 보여준다.
같은 산만 다녀도 항상 새롭다고 느끼는 것은 그 안의 생명들이
끊임없이 이어지는 미세한 움직임 때문일 것이다.
소백산의 정상 비로봉에 올랐다가 어의곡리로 내려왔다.
긴 산행이었지만 꽃길을 걸었던 즐거운 산행이었다.

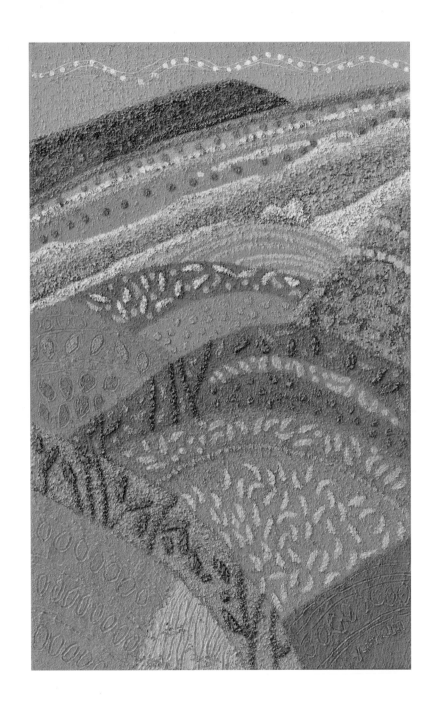

흐르는 산
영남 알프스

혼합재료
33.4×53cm
2023

산우들

🏔️

백두대간 산행, 정맥 산행, 명산 산행을 함께했던 산우들이 있다.

개인 산행도 즐겨 하지만 산우들과 하는 산행은 함께하는 즐거움이 있다.

산행은 항상 위험할 수 있기 때문에 함께하는 것은 안전을 위해서도 필요하다.

깊은 산에서 서로 의지하며 동고동락해서 그런지 동지애를 느낀다.

산노을 님, 시루봉 님, 고사장 님, 양침 님, 아름숲 님, 배따라기 님,

솔나리 님, 진 님, 선 님, 푸른하늘 님, 앤디 님, 돌산 님, 그리고 남편 태산, 나 블루

항상 건강하게 안산, 즐산 하시길 바랍니다.

흐르는 산 설악산 공룡능선

혼합재료, 162.2×112.1cm, 2023

추억

십오 년 전 백두대간을 알게 되었다.
첫 산행부터 산의 아름다움에 빠졌는데 지금도 대간 산행길은 즐겁기만 하다.
좋아서 하다 보니 종주를 여러 번 하게 됐는데,
걸을수록 대간 길은 더욱 정겹고 소중하다.
돌아보면 대간 산행을 했던 시간들이 아스라한 추억처럼 지나간다.
어느 새벽, 대간 산행을 나가던 날 마침 비가 추적추적 내려 어둑한 새벽에 우산을
쓰곤 뻘쭘하게 산행길을 나섰던 기억….
봄볕이 좋았던 날 너른 정상 터에 앉아 저 멀리 굽이굽이 산 능선들을 바라보며
맛있게 점심을 먹었던 기억….
여름날 유난히 습하고 더운 날 고생고생하며 대간 길을 올랐던 기억….
햇살이 찬란했던 가을날, 산길에 가득했던 낙엽들이 햇살을 받아 마치 황금처럼
번쩍번쩍 빛나는 모습을 가던 길 멈추고 넋을 잃고 바라보았던 기억….
눈이 온 겨울, 눈부신 설국의 숲길을 산행 내내 어린아이처럼 즐겁게 걸었던 기억….
많은 기억이 선명하게 눈앞에 교차하며, 그 기억들로 미소를 짓는다.
이 그림의 바위 위에 있는 사람은 그동안 거대한 자연의 아름다움에 빠져 넋을 잃고
산을 들여다보는 나의 모습과도 같다.

흐르는 산 야생화

혼합재료, 53×45.5cm, 2022

소통

페이스북을 하지 않는다.
생각이나 개인 생활이 노출되는 게 어색해서다.
하지만 그림을 그리다 보니 소통하지 않으면 곤란했다.
그래서 전시 이외에 블로그나 인스타, 연재를 어렵게 시작했다.
시작은 어려웠지만 그림을 통한 소통에 점점 익숙해졌고,
이젠 하길 참 잘했다는 생각이 든다.
권유하고 시작하게 해 준 아들이 고맙다.
내가 산에서 받았던 충만함과 아름다운 풍광을 SNS를 통해
익명의 누군가와 소통하며, 그 누군가가 좋은 느낌을 받을 수
있다면 더 이상 바랄 게 없다.

흐르는 산 속리산

혼합재료, 53×65.1cm, 2021

진달래

속리산 법주사~문장대~천왕봉을 잇는 삼각형 원점회귀 산행을 했다.
백두대간 코스를 문장대에서 천왕봉까지만 짧게 밟는 것이 아쉽긴 했지만,
속리산을 전체적으로 산행할 수 있어 좋았다.
속리산은 진달래가 한창이었다.
허옇게 마른 가지만 있는 황량한 이른 봄의 숲길에서 불현듯 나타나는
분홍빛 진달래는 봄의 시작을 알리는 봄의 정령일까?
소박하지만 어떤 화려한 꽃보다도 더 아름다운 꽃이다.
마지막에 가파른 고바위를 올라 큰 바위로 이루어진 문장대에 오르니
360도 훤히 트인 멋진 조망이 펼쳐졌다.
너무나 정겨운 우리 산하의 감동적인 모습이다.
작은 공룡능선이라 부르는 문장대에서 천왕봉까지의 대간 길도
반짝이는 봄 햇살, 진달래와 함께하니 좋았다.

흐르는 산 부봉

혼합재료, 90.9×65.1cm, 2021

푸른 산

산행 전날 수안보에 도착, 일박을 하고
다음 날 아침 일찍 조령산 자연휴양림으로 이동했다.
조령3관문에서 마패봉에 오르니 아직 새벽의 서늘한 빛에 잠겨있는
부봉이 푸른빛 실루엣으로 우뚝 서 있었다.
갑자기 나타난 여섯 개의 커다란 푸른 봉우리가 솟아 있는 걸 보니
비현실적이었다. 마치 비밀스러운 봉우리에 신선이 살 것 같은 동화 속
풍경 같았다.

낮은 화창한 봄날이었다.
나뭇가지에서는 새순이 올라오고 연한 초록빛으로 변해가는 산은
따스한 봄기운으로 가득했다.
고지대 깊은 산이라 아직 진달래가 곳곳에 한창 피어 있었다.
백두대간 마루금 산행은 부봉 일 봉만 거쳐서 지나고 하늘재로
진행했는데, 이번 산행은 여섯 봉을 다 넘은 후 동화원으로 내려가 다시
조령3관문으로 가는 원점회귀 산행이다.
부봉 여섯 봉우리는 모두 암릉미가 빼어났고 멋진 조망도 볼 수 있었다.
오밀조밀한 봉우리들을 오르내리며 시원하게 펼쳐진 봄산에
빠져들었다.

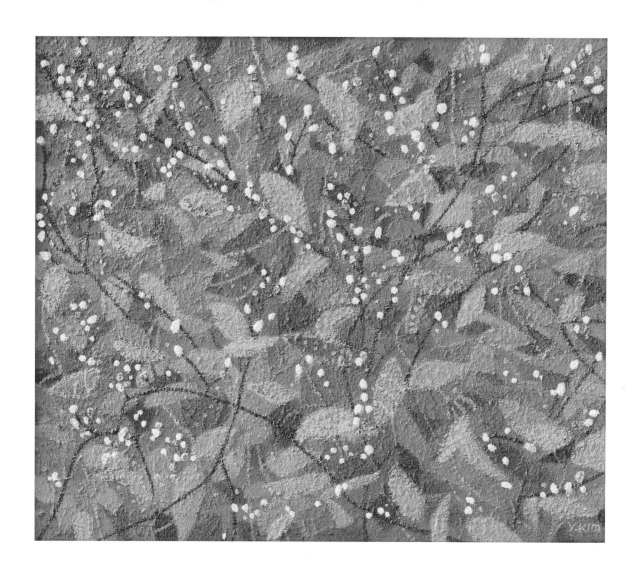

흐르는 산 야생화

혼합재료, 53×45.5cm, 2022

아버지

어린 시절부터 결혼할 때까지 한집에서 오래 살았는데,
집에는 좁고 길게 이어진 화단이 있었다.
아버지는 나무와 꽃을 잘 가꾸셨다.
화단의 어느 하나 아버지의 손길이 닿지 않은 곳이 없었다.
계절마다 피는 다양한 꽃들과 나무들은 항상 싱그러웠고,
그곳은 나에게 자연의 아름다운 색을 풍성하게 느낄 수 있게 해 준
작은 세상이었다.
화단 가장자리에 길게 심어 있던 채송화는 진한 원색으로 여름 내내
피고 지고 했다.
특히 작약이 많았는데 봄마다 땅에서 연초록의 새싹들이 뾰족뾰족
힘차게 올라오는 게 너무 신기했다. 자줏빛 큰 꽃잎들과 샛노란 수술,
무성한 초록 잎들은 어린 시절 아주 강렬한 색의 경험이었다.
대문 위에 가득히 피어서 담장까지 늘어진 하얀 찔레꽃은 해가 좋은
날엔 눈이 부셨다.
감나무와 대추나무, 모과나무가 있었는데 오래 살았던 만큼 내가
결혼할 때 즈음에는 지붕까지 키가 컸고 굵은 나무들이 됐다.
아버지의 정성이 들어간 열매들은 유난히 크고 실해서
매년 주렁주렁 열매가 달렸고, 가을이 되면 거실(마루) 한쪽에 놓여
겨울 간식이 됐었다.
주목나무와 소나무는 변함없이 서 있던 푸르름이었다.
아버지는 이제 아름다운 화단과 함께 감사함과 그리움으로 마음속에
남아 있다.

흐르는 산
청화산

혼합재료
65.1×90.9cm
2022

행운

화창한 푸른 5월에 청화산, 조항산 산행을 했다.
산행 내내 뒤돌아보면 속리산 주 능선과 주봉들이 병풍처럼 펼쳐져 있다.
진행 방향으로는 조항산의 당당한 모습과
백두대간의 큰 줄기가 이어지는 환상적인 파노라마 풍광을 보며 산행했다.
걷는 길에 어여쁜 야생화들이 계속 함께했다.
아찔한 암릉 구간이 잠깐씩 나왔지만 대체로 부드러운 육산이어서
쾌청한 날씨와 함께 더할 나위 없는 즐거운 산행이었다.

백두대간 깊은 산을 만난 건 큰 행운이었다.
하지만 산을 오르기 위해 힘든 순간을 거쳐야 하는 숙명도
함께해야만 했다.
백두대간 산행을 시작한 얼마간은
왜 이 힘든 산을 오르는지 나에게 수없이 질문했다.
그만큼 나에게 산행이 힘들었던 것이리라.
그렇게 몇 년이 지나며 마음속 질문은 사라지기 시작했다.
결국 분명한 것은 산을 오르내리는 고통과 환희를 선택했다는 것이고,
선택한 고행을 통해 얻은 것은 너무나 많았다.
자연 속에서 자유인이 되어 즐거웠고,
산을 통해 생각지도 못했던 많은 힘과 기운을 얻을 수 있었다.
햇살, 바람, 공기와 함께 계속 변화하고 움직이는 신비하고 경이로운 자연,
그 아름다운 새로운 세상을 만날 수 있었다.
나에게 산은 반짝이는 보석과 같은 아름다움이며
살아 움직이는 생명의 흐름이다.

흐르는 산 황악산

혼합재료, 90.9×72.7cm, 2022

봄
숲길

괘방령에서 산행을 시작했다.

조금 올라가니 나무가 울창한 편안한 산길이었다.

따사로운 봄빛 아래에서 육산의 포근한 산길을 걷는 게 마냥 즐거웠다.

운수봉을 지나 해발 천백십일 미터인 황악산에 오르니

파노라마 산군들이 펼쳐졌다.

황악산은 예전에 학이 많이 찾아와서 황학산이라 부르다

황악산이 되었다고 한다.

정상에서 내려오다 뾰족한 형제봉을 만났다.

산길에 높이 솟은 두 개의 조그만 봉우리들은

이름만큼이나 다정하고 귀엽게 보여 미소가 지어졌다.

신선봉을 거쳐 직지사로 하산하려 했는데

옛길이 있다기에 호기심에 곧장 내리막길을 선택했다.

급사면이었지만 나무들이 울창하게 늘어서 있는 숲도 아름다웠고,

어느 정도 내려오니 유수가 꽤 많은 맑은 계곡물도 나왔다.

하지만 초보 산꾼들에게는 중간에 길 찾기가 어려울 수 있는

꽤 긴 산길이었다.

한참을 내려오니 직지사가 보였다.

차편 시간 때문에 절 구경은 못하고 외벽을 따라 계속 걸었는데

직지사는 아주 크고 웅장했다.

따뜻한 햇살과 함께한 행복한 봄 숲길 산행이었다.

흐르는 산 대야산에서

혼합재료, 116.8×80.3cm, 2022

조우
반가움

속리산 국립공원에 있는 대야산을 다녀왔다.
대야산 정상은 험한 산길을 올라야 하지만
산 아래 길게 이어지는 용추계곡과 숲길은 잘 어우러진
멋지고 예쁜 산길이다.
물도 맑고 너른 바위들이 많아 여름이 되면 다시 오고 싶은 생각이 들었다.
오래전 기억 속의 대야산은 정상 직전 급경사 로프 구간이 있어
너무 무서웠던 곳이다.
아마도 첫 대간 산행 중 가장 힘든 구간이었을 것이다.
지금은 나무계단과 안전 펜스가 잘 정비되어 있어
힘든 산길을 편안히 산행할 수 있었다.
멋진 기암괴석들을 지나 마지막 큰 바위를 오르니 정상이었다.
정상에 서니 멀리 속리산 천왕봉과 문장대가 보였다.
청화산과 조항산으로 이어지는 굽이굽이 백두대간 능선도
한눈에 들어왔다.
반대편으론 희양산이 보이고 백두대간 큰 줄기가 힘차게 이어져 나갔다.
다시 이 산에 왔구나!
십 년 전과 변함없는 산의 모습에 새삼스레 고맙고 반가운 마음이다.
용추계곡 원점회귀 하산길은 급경사 계단이 이어졌지만
오래 걸리진 않았다.
큰 산을 보고 내려오니 나는 작아져 있고 마음은 넓어졌다.

PART 03 ————————

백
두
대
간

여
름

흐르는 산 설악산

혼합재료, 116.8×80.3cm, 2022

괜찮아

캄캄한 밤이었지만 동그랗고 커다란 보름달로 훤하게 밝았던 산중은 아름다웠다.

희미한 어둠 속에서 자연의 색은 은은하게 빛을 발했고, 그 안의 생명들은 평화로웠다.

아주 오래전 일이다.

사람이란 존재의 가벼움과 인연조차도 참 부질없다는 생각을 너무 일찍 가졌었다.

생각해 보면 사춘기도 힘들었고,

스무 살에 엄마의 부재는 이런 허무적인 생각을 더욱 부채질했다.

요동치던 젊은 날의 시간은 지나고 세월이 많이 흘렀다.

그 시절의 나에게 말해 주고 싶다.

"괜찮아. 외롭지 않아…. 너를 사랑해."

흐르는 산 상월산

혼합재료, 90.9×65.1cm, 2019

오지
산행

상월산 구간은 정상까지 올라도 확 트인 전망 하나 없는
완만한 오름만 끝없이 이어지는 대간 길이다.
걷는 내내 빽빽한 거목들만 울창한 숲이어서 하늘을 보기도 어렵다.
더구나 무더운 날씨여서 가끔 불어오는 실바람만이 반가운 산길이었다.
고마운 바람이 없었으면 숨이 턱턱 막혔을 텐데….
긴 오르막을 지나면서 멋진 금강소나무 숲길을 만났다.
대간 길에서 가끔 만나는 금강송 군락은 눈을 호강하게 한다.
나무껍질의 은은한 붉은색은 고급스럽고 아름답다.
금강송 군락을 지나 잠시 바짝 급경사를 오르니 상월산 정상이었다.
정식 정상석이 안 보였다.
이런 경우는 보통 산꾼들이 정상 표지를 나무에 걸어 두는데
그것도 안 보였다.
아쉽지만 상월산 정상임을 알리는 산악회 리본들만 빼곡히 걸려 있어
그나마 다행이었다.
하지만 이런 오지 산행은 여러 가지 좋은 점도 있다.
사람들이 거의 안 다녀서 깊은 산의 성성한 기운을
온전히 그대로 만날 수 있다.
또 사람들이 없어 호젓하게 오로지 산과 벗할 수 있어 좋다.
깊은 산, 아무도 없는 부드러운 육산을 마음껏 걸으니 정신이 맑아졌다.
하산해서 물이 많은 부수베리 계곡에 발을 담그고
내려왔던 산을 바라보니 마냥 행복하다.
이래서 여름에도 산을 오르나 보다….

흐르는 산 오대산 두로봉에서

혼합재료, 72.7×60.6cm, 2019

파도
소리

여름 막바지에 긴 거리의 대간 산행을 했다.

태풍 여파로 바람이 산행 내내 힘차게 불어서 윈드 재킷을 입어야 했다.

울창한 숲속을 걸어가는데 바람 소리가 마치 밀려오는 파도 소리 같았다.

무수한 나뭇잎들이 바람에 부딪히는 소리가 영락없는 파도 소리였다.

눈을 감으면 바닷가에 와 있는 느낌이었다.

지루하고 가파른 오르막을 오르니 드디어 두로봉 정상,

거센 바람을 맞으며 힘들게 올라와서 그런지

너른 터에 우뚝 서 있는 정상석이 더욱 반갑다.

두로봉을 지나 잠시 산길을 내려가다 순간 발길이 멎었다.

산행 내내 빽빽한 숲길이어서 조망이 전혀 없었는데,

나무들 사이로 언뜻 저 멀리 능선들이 보인 것이다.

파란 하늘과 그 아래 굽이굽이 이어지는 능선들….

아름다운 풍경을 몰래 엿보는 느낌이다.

바라보는 동안 잠깐이지만 자연과 하나가 되는 것 같았다.

긴 하산길을 무사히 내려오니

세찬 바람에 힘들었던 건 사라지고

산의 좋은 기운으로 내 안이 꽉 차 있었다.

흐르는 산 지리산 노고단

혼합재료, 45×45cm, 2023

야생화
천국

여름날 지리산 노고단 고개는 천상의 화원이다.
짙은 노란빛의 어여쁜 원추리꽃들이 지천이고
형형색색 예쁜 색들의 야생화가 만발한다.
맑고 푸른 하늘 밑의 야생화 천국.
지리산 노고단 고개가 눈앞에 선하다.

흐르는 산

혼합재료
53×72.7cm
2023

산 그림

산 그림을 그리며 주말마다 산에 오르는 것이 나의 루틴이 되었다.
산에서 느꼈던 기운과 감동, 아름다운 풍광을 그리려면 산의 기운을 갖고
있어야 했다.
산을 가지 않으면 힘이 고갈되어 산 그림을 그리기가 힘들다.
그래서 주말에 산을 오르고 일주일간 그 힘으로 산 그림을 그린다.
나무와 풀, 꽃들과 새들의 소리, 바람 소리, 끝없이 펼쳐지는 능선들,
하늘과 움직이는 구름….
산과 함께, 그 안의 생명들과 함께 걷노라면
세상으로부터 방해받지 않는 자유로움을 느끼고
무엇도 두렵지 않은 힘을 얻는 것 같았다.
산을 내려오며 다시금 활력을 찾고 영적으로 충만한 가장 평온한 나를 본다.
나이가 좀 더 들어 산을 못 오르면 어떻게 하나, 이런 생각을 가끔 한다.
하지만 걱정은 없다.
그땐 산을 오를 만큼만 오르며 마음의 산을 그림으로 그리겠지….

흐르는 산 백화산

혼합재료, 116.8×72.7cm, 2020

초록의
향연

자연은 아름답다.

처음 산행에 입문했을 때 가장 놀라운 것 중 하나는 산은 잘 정돈된
아름다운 정원 같다는 거였다. 누군가 다듬거나 관리하지 않았지만
정갈하게 잘 정리된 조화로운 산의 모습은 참으로 경이로웠다.

그 후 계속 산행을 이어 오고 있지만 이 생각엔 변함이 없다.

첫 대간 산행을 하던 어느 여름날,
하산이 끝나갈 때쯤 만난 야생화가 가득했던 숲길을 기억한다.

햇살이 가득한 초록 위로 보랏빛, 노란빛, 흰 꽃들이 지천이었다.

산행을 무사히 마쳤다는 안도감과 함께 마주친 야생화가 만발한 초록의
향연은 마치 꿈속의 풍경과 같았다.

햇살에 빛나는 찬란한 아름다움의 정원이었다.

눈을 감으면 그때의 감동이 지금도 남아 있다.

흐르는 산 매봉산 비단봉에서

혼합재료, 90.9×72.7cm, 2020

걸어온
길

이번 구간은 십 킬로미터 남짓, 대간 종주라 하기엔 짧은 거리다.
하지만 볼거리가 많다.
야생화가 많은 곳이라 걸을 때마다 어여쁜 꽃들과 마주쳤다.
풀숲에 숨어 있는 야생화는 볼 때마다 기분을 좋게 한다.
파란 하늘에 높이 솟아 있는 하얀 풍력발전기는 언제 보아도 이국적인
멋이 있다.
'바람의 언덕'과 드넓은 고랭지 배추밭도 백두대간 중 이 구간에서만
볼 수 있는 풍경이다.
금대봉을 지나 잠시 된비알을 오르니 비단봉이었는데, 조망이 탁 트여
있어 지나왔던 백두대간 능선을 한눈에 다 볼 수 있었다.
저 멀리 태백산부터 함백산, 은대봉, 방금 걸었던 금대봉까지
시원하게 보인다.
넓게 펼쳐진 걸어왔던 능선들을 바라보고 있자니 잔잔하게 감동이
밀려오며 찔끔 눈물이 맺혔다.
굽이굽이 저 봉우리들을 한 발씩 걸어서 여기까지 온 것이다!

흐르는 산 영남 알프스

혼합재료, 53×33.4cm, 2023

청보릿빛 억새

영남 지방에 천 미터가 넘는 산들이 모여 있는데,
알프스에 견줄 만큼 수려해서 영남 알프스라고 부르는 유명한 곳이 있다.
배내 고개에서 출발, 능동산을 조금 올라가니 넓은 터가 나왔다.
그곳은 높은 산들로 빙 둘러싸여 있었는데 영남 알프스였다.
멀리 오른쪽으로 영남 알프스 가지산, 운문산이 보이고
왼쪽으로는 오늘 오를 천황산, 재약산이 보였다.
둥그렇게 둘러서 있는 영남 알프스를 한눈에 볼 수 있다니
기가 막힌 자리였다.
비 예보처럼 날씨는 흐렸지만 오히려 산행하기는 좋았다.
시야도 나쁘지 않았다.
산을 오르내리는 동안 덥긴 했지만 시원한 바람이 계속 불어와서
초록초록한 산들과 함께 청량하기 이를 데 없는 산행을 할 수 있었다.
천황산 오르기 전 넓은 언덕에서 초록빛 어린 억새 잎들이 움직이는
모습은 마치 청보리가 바람에 흔들리는 풍경처럼 보였다.
영남 알프스는 가을 억새로도 유명한데 초여름의 청보릿빛 억새들도
이렇게 멋지다니….
흔들리는 억새 초록 잎들 사이에서 연분홍빛 철쭉들이 반갑게 맞아주었다.
산행을 하며 왜 영남 알프스가 사랑받는 곳인지 알 것 같았다.
하산할 때 마지막 강한 햇살은 푸른 산그리메를 만들었는데
입체감이 뚜렷해 보여 산의 초록빛이 더 싱그럽게 보였다.

흐르는 산 북설악

혼합재료, 90.9×72.7cm, 2020

대간 산행
졸업

백두대간 북진의 마지막 구간
미시령에서 진부령까지의 산행이었다.
이제껏 무박 산행 중 가장 밝은 보름달을 보았다.
어찌나 달빛이 밝던지 산 전체가 훤했다.
저 멀리 산의 실루엣과 색이 어스름하게 다 보일 정도로 달빛이 밝았다.
둥그런 보름달을 보며 소원도 빌었다.
꿈속을 걷는 듯 황홀한 달밤이었다.
대간 산행을 졸업하는 분들에게 이날은 가슴 벅찬 날이다.
그동안 우리의 땅, 거대한 산줄기를 한 걸음씩 이어온 발걸음을 끝맺음하는
감격의 날이기 때문이다.
백두대간 완주는 시간과 체력, 열정이 있어야만 가능하다.
이번 졸업자 중 칠십 대 두 분이 계셨다.
대간 산행 때 항상 선두였는데, 대원들을 따뜻하게 챙기고 모두에게
격려의 말을 잊지 않으셔서 다들 두 분을 좋아했다.
이번 기수 회장님과 고교 동창들은 항상 똘똘 뭉쳐 산행했는데,
유쾌했던 모습이 기억에 남을 것 같다.
헤어짐은 언제나 아쉽다.
이번 대간 산행을 완주한 모든 분, 언젠가 산에서 만나면 반가우리라.

흐르는 산
지리산

혼합재료
162.2×112.1cm
2023

찬란한 녹색

장마가 끝나가는 여름, 천왕봉. 장마 끝이라 습한 백무동 계곡에서
천왕봉을 향해 올라가는 산길은 지루하고 힘들었다.
끝없는 오름이었고, 짙은 운무 때문에 정상에 올라도
지리산 능선을 볼 수 없으리란 생각이 더해져 더욱 그랬던 것 같다.
장터목 산장에 짐을 풀고 잠시 휴식을 취한 후, 해가 지기 전에
천왕봉을 향해 다시 올라갔다. 제석봉을 지나도 짙은 운무로 아무것도
보이지 않았고 지리산은 온통 희끄무레한 색으로 꽉 차 있었다.
천왕봉을 도착했을 때 넓은 정상 터에는 딱 세 사람뿐이었다.
운무가 가득한 날이라 사람들이 다들 정상에 올라오질 않은 것 같았다.
그런데 희한한 일이 일어났다.
여름의 마지막 뜨거운 햇살이 구름 속에서 나오자
지리산에 잠겨 있던 운무들이 빠르게 일렁이고 움직이며
지리산의 끝없이 이어진 능선들이 하나둘 모습을 드러냈다.
정말 빠른 시간에 일어나는 이 광경을 대하며 놀랍기도 했고
가슴이 벅차 올랐다….
운무가 사라진 곳엔 밝고 환한 햇살이 들어와서
푸른 지리산은 찬란한 녹색으로 변했다. 감사했다!
지리산이 나를 받아 준 것 같은 기분이었다.
그렇지 않고 이 광경을 어떻게 설명할 수 있을까….
얼마나 지났을까. 지리산은 다시 운무에 잠겼다.
장터목 대피소로 내려오니 산은 이미 어둠에 덮여 있었다.
마당에서 랜턴을 켜고 저녁밥을 먹으며 오래 앉아 있었는데
여름이어도 고산이라 밤엔 추웠다. 가지고 왔던 옷을 몇 겹 껴입어야 했다.
지금 지리산은 어떤 모습일까, 싱그런 봄의 기운이 한창일 텐데….

흐르는 산 삼봉산에서

혼합재료, 90.9×65.1cm, 2020

산촌
마을

이 구간은 백두대간 산행 중 가장 어려운 코스로 꼽히는 곳이다.
가파른 경사가 있는 천이백 미터 고지 능선을 세 개나 넘어야 한다.
이곳을 한여름에 종주하게 됐다.
올여름은 역대급으로 긴 장마였는데, 들머리인 빼재 부근 아스팔트
길이 두 군데나 유실되어 있었다. 낭떠러지로 떨어져 나가 흩어져 있는
아스팔트 잔해를 보니 순간 아찔했고, 한편으로는 안타까웠다.
삼봉산에 올랐다 내려서는 길에 오른쪽으로 전망이 트이며 유럽 어느
시골 마을과 닮은 풍경이 펼쳐졌다. 마침 바람도 시원해서 잠시 머물며
평화로운 산골 마을을 내려다보니 저절로 힐링이 됐다.
많은 에피소드가 있을 것 같은 예쁜 마을이었다.
소사마을로 내려와 마을 길을 따라 걷다가 다시 초점산 들머리로
들어섰다. 짧은 거리였지만 뙤약볕이 따가울 정도로 무더웠다.
천이백 미터 고지 초점산을 오르는데 습하고 무더운 날씨로 땀이 후드득
떨어졌다.
초점산 정상에 오르니 덕유산과 지리산 능선이 훤하게 펼쳐졌다. 어렵게
올라온 만큼 탁 트인 산의 웅장한 모습을 보며 절로 감동이 일었다.
덕을 쌓는 마음으로 산행의 마지막 봉우리 대덕산에 오르니 힘든 산행의
끝이 보였다.
손가락에 꼽을 만큼 고생이 많았지만 그만큼 뿌듯한 한여름 산행이었다.

흐르는 산 함백산

혼합재료, 90.9×65.1cm, 2021

생동함

우리나라에서 여섯 번째로 높은 산, 함백산을 다녀왔다.

태백터미널에 내려 화방재로 이동, 산행을 시작했다.

걷기 편한 숲속 길을 지나서 만항재가 나왔다.

만항재는 우리나라에서 차가 들어갈 수 있는 가장 높은 고개다.

돌탑이 멋지게 서 있는 함백산 정상에 오르니 조망이 시원하게 펼쳐졌다.

파란 하늘에 하얀 뭉게구름이 끝없이 연이어 흘러가고 있었고,

초여름의 쾌청한 날씨라 시계도 아주 좋았다.

멀리 백두대간의 줄기 태백산이 보였다.

반대 방향으로는 중함백과 은대봉의 산줄기가 굽이굽이 이어졌다.

너른 정상 터에 한참을 앉아 있자니 하늘과 산 기운의 생동함이 온몸으로 느껴졌다.

행복하고 충만한 시간이다.

산을 내려와 며칠간은 파란 하늘과 흰 구름,

싱그러운 녹색의 산들이 눈앞에 아른거릴 것이다.

흐르는 산 두타산

혼합재료, 65.1×50cm, 2021

번뇌를
떨치다

좋은 기억이 있어 항상 다시 가고 싶었던 두타산을 드디어 한여름에 다녀왔다.
무더운 날씨라 조금 걱정했는데 막상 산에 들어서니 시원한 바람이
간간이 불어와 역시 강원도 산임을 실감했다.
댓재에서 두타산까지의 대간 능선길은 부드러운 흙길로 걷기에 참 좋았다.
두타, 번뇌를 떨쳐버린다는 이름처럼 걷고 있노라니 마음이 비워지고
가벼워지는 듯했다.
번뇌가 없어질 것 같은 고요하고 청량한 기운의 산길이었다.
통골재 부근 오른쪽으로 조망이 열리며 강원도 산군들이 보였다.
그 뒤로는 푸른 동해이리라.
왠지 강원도의 산들은 '푸른 산'의 느낌이 강한데,
아마도 푸른 바다 동해가 이웃해 있기 때문 아닐까 싶다.
대간길은 청옥산으로 직진하지만 우측 두타 산성 방향으로 하산했다.
얼마 전 개방한 베틀 바위를 들렸는데 마침 석양 햇빛을 받아 오렌지빛으로
빛나고 있었다.
붉은 황금색의 베틀 바위를 또 보기 위해 언젠가 늦은 오후에 다시 오고 싶다.
시간이 좀 더 있었으면 무릉 계곡에 발을 담그고 싶었지만, 차 시간에 맞춰야
해서 아쉬움을 남긴 채 발길을 재촉했다.

흐르는 산 지리산 노고단에서

혼합재료, 90.9×65.1cm, 2021

천상의 화원

여름휴가를 맞아 지리산 온천마을에서 하루를 묵고
다음 날 아침 일찍 당동 마을로 이동했다.
계곡 숲길을 따라 올라가니 백두대간 능선길과 이어졌다.
숲길은 계곡 물소리도 계속 들리고 나무들은 하늘을 덮을 정도로
울창했다. 계곡 길을 올라 오른쪽으로 조금 걸어가니
노고단으로 이어지는 성삼재가 나왔다.
노고단 정상은 사방이 하늘과 산이 맞닿아 보이는 높고 너른 터이다.
맑은 날씨였는데 정상 저 아래 섬진강 방향은 운해로 가득 차 있었다.
환한 낮인데도 큰 산줄기 푸른 산들이 하얀 구름바다에 푹 잠겨 있는
모습들이 신기했다.
쾌청한 하늘 아래로 짙은 노랑 원추리꽃들과 형형색색 야생화들이
지천이었다. 자세히 보니 야생화 종류가 정말 많았다.
서로 조금씩 무리 지어 피어서 노고단 전체가 야생화 꽃밭이었다.
밝은 햇살 아래 천상의 화원에 앉아 있자니 시간 가는 줄 몰랐다.
노고단 고개를 내려와 천왕봉 방향으로 향했다.
삼도봉 가기 전에 반야봉을 오른 후 다시 성삼재로 나왔다.
아직 무덥지 않은 여름날,
걷는 내내 어여쁜 야생화들과 함께했던 산행이었다.

흐르는 산 야생화

혼합재료, 53×45.5cm, 2022

야생화

산에 다니면 야생화를 많이 볼 수 있다.

산길을 따라 걷다 문득 아무렇지 않게 피어 있는 작은 산 꽃들을 만나면
무척 반갑다. 산의 위용도 좋지만 잔잔하게 반겨주는 야생화를 보는 것은
또 다른 산행의 작은 기쁨이다.

산 꽃은 작지만 단단해 보인다. 당당함과 소박한 아름다움이 있다.

그리고 자연과 함께 움직인다.

바람이 불면 흔들리고 햇살이 비치면 환하게 피어난다.

보는 사람이 없어도 스스로 찬란한 아름다움을 발하며 하루를 산다.

이름들도 재미있다.

산꿩의다리, 노루오줌, 하늘나리, 마타리, 일월비비추, 동자꽃, 개망초,
모싯대, 잔대, 얼레지, 쑥부쟁이, 구절초, 초롱꽃….

정다운 이름처럼 산에 가면 다정하게 반겨주는 산 꽃들이 있어 산행이
더욱 즐겁다.

흐르는 산 오대산 노인봉에서

혼합재료, 90.9×65.1cm, 2024

여름
숲길

진고개에서 노인봉을 오르는 숲길은
여름 초록빛의 싱그러움으로 가득했다.
무성한 초록 잎들 사이로 야생화들이 지천이었다.
길을 걷는 내내 예쁜 모습을 보며 미소가 떠나지 않았다.
바람에 흔들리는 야생화는 어찌 그리 사랑스러울까?
노인봉에 오르니 설악산, 동해 방향은
운무가 가득 차서 온통 하얀 세상이었다.
맞은편으로 황병산, 매봉이 보였다.
옅은 운무로 아스라하게 보였는데 그나마 볼 수 있어서 다행이었다.
멋진 모습으로 굳건히 서 있는 백두대간의 모습을 바라보자니
반가운 마음이 앞섰다.
안녕~ 잘 있구나…!
정다운 백두대간 산줄기도 보고, 초록으로 치장해서 화려하기까지 한 여름
숲길을 시원한 바람과 함께 한 호사로운 산행이었다.

PART 04 ————————

백두대간

가을

흐르는 산
소백산

혼합재료
40,9×53cm
2024

행복한
사람

산을 다녀온 후 작업실로 돌아와 앉으면 아직도 여행하는 기분이다.
그 산에 가기 위해 차를 타고 나서서 산을 오르며 산과 만난다.
산을 내려와 차를 타고 다시 집으로 돌아오는 여행.
여행은 우여곡절과 어려움도 따르지만 끝나고 나면
언제나 미소 짓게 하는 행복감이 있다.
산과의 만남은 항상 비어 있는 내 마음과 몸을 꽉 채워주는 충만함이 있다.
좋은 기운의 충만함이다.
십오 년간 이 일을 반복하며 산과 그림과 함께하고 있으니
난 행복한 사람이다.

흐르는 산 소백산 도솔봉에서

혼합재료, 90.9×72.7cm, 2019

우중
산행

유난히 태풍이 많았던 어느 해,
그날도 태풍 소식이 있었지만 심하지는 않은 것 같아 산행을 감행했다.
다행히 바람은 많지 않았지만 종일 우중 산행을 했다.
묘적령까지 가파른 오름 길에서 잠시 한 줄기 햇살로 저 멀리 환하게
밝아오는 능선을 볼 수 있었다.
우중이어서 회색빛이던 산이 갑자기 천연색으로 빛나 보였다.
그 장면이 그날 산행 조망의 전부가 되었다.
날씨가 맑았다면 능선에서 소백산의 멋진 주 능선을 다 보았을 텐데….
하루 종일 가는 비를 맞으며 회색빛 운무 속을 걸으며 처음 대간 종주할
때가 생각났다.
북한산을 딱 두 번 오른 후 운명적인 백두대간을 시작했다.
'네', '아니오' 대답도 힘들 정도로 처음 시작하는 대간 산행길은
벅차기만 했다. 벅차고 힘든 산행을 하며 '나는 왜 이 고생을 하는 걸까?'
스스로에게 수없이 묻곤 했었다.
하지만 산행을 마치면 이상하게도 가슴속에 꽉 차오르는 기쁨과 함께
슬며시 다음 산행이 기대되었다.
산의 좋은 기운, 아름다운 풍광 등 산의 매력이 산행의 고행보다
훨씬 커서 그랬으리라!
그 후 백두대간 산길은 비를 맞는 여름 산행도 즐거웠고,
눈이 오는 겨울 산행은 설국의 황홀한 광경 때문에 즐거웠다.
운무에 휩싸인 이날의 산행도 지난날을 뒤돌아보는 조용한 시간이
되어서 좋았다.

흐르는 산 점봉산

혼합재료, 90.9×65.1cm, 2019

클림트의
금빛

설악산을 처음 오를 때 설악은 너무 화려하다는 생각이 들었다.
하지만 오를수록 화려함 뒤에 숨어 있는 설악의 변화무쌍한 매력에 빠지게 됐다.
이렇게 큰 산에 이런 섬세함이 있다는 것이 놀라웠고, 웅장하고 시원하게 펼쳐진
능선은 큰 기개를 품은 비범한 장수를 보는 듯했다.
들머리, 날머리를 어디로 정하든 오를수록 멋진 산세와 기운에 압도당했다.
가을의 남설악 점봉산, 눈부신 아침 햇살을 담은 단풍은
마치 클림트의 금빛과 닮아 있었다.
새벽 어둠을 뚫고 나온 강렬한 햇살에 단풍은 황금색으로 번쩍였다.
산을 오를수록 점점 더 많은 자연의 아름다움을 느낀다.
산에 갈 수 있다는 것은 축복이다.

흐르는 산 태백산 부쇠봉에서

혼합재료, 90.9×65.1cm, 2020

영산

민족의 영산 태백산을 올랐다.
천년 고목인 주목 군락지를 지나면서 기분은 벌써 영산의 분위기에
숙연해졌다.
정상에는 키 큰 나무가 없어 넓게 열린 하늘로 꽉 차 있었다.
드넓은 하늘 밑에 돌로 쌓은 천제단은 언제 봐도 무척 인상적이다.
천제단에 사람들이 많아 웅성거리긴 했지만 뭔가를 기원하는 사람들이
있어 그런지 분위기는 차분했고 엄숙한 느낌마저 들었다.
태백산은 겨울 산으로 유명하지만 늦가을의 모습도 변함없는 고고한
느낌이었다.
흐르는 정기가 다른 산보다 확실히 강한 느낌이다.
마음이 힘들거나 큰일을 앞두면 생각나고 오르고 싶은 산!
무언가 신성한 기운이 흐르는 신비한 느낌마저 드는 산이다.
하산길에 부쇠봉 전망대에 들렀다. 지나칠 수도 있는 작은 전망대였다.
전망대에서 바라보니 겹겹이 능선이 이어졌는데 문수봉, 청옥산 능선이
보였다. 천제단을 내려온 지 한참 지났는데도 끝없이 이어지는 능선을
볼 수 있다니….
태백산은 역시 깊은 산이다.

흐르는 산 소백산

혼합재료, 116.8×80.3cm, 2019

흐르는
산
-백두대간

산은 항상 그곳에 있다.
언제나 갈 곳이 있다는 것이 고맙고 위안이 된다.

산 안에 있으면 산은 쉼 없이 움직인다. 천천히 혹은 빠르게….
햇살이 좋은 날 산은 찬란하게 빛난다.
비가 오면 물속에서 산은 새롭게 태어난 듯 생기 있게 움직인다.

백두대간 깊은 산의 아름다움은 숨겨진 보물처럼 경이롭고 신비하다.
그곳에서 받았던 위안, 용기와 힘을 남기고 싶었다.

흐르는 산 지리산 만복대

혼합재료, 116,8×80,3cm, 2020

만복대
복이 가득 차다

지리산 주 능선을 한눈에 볼 수 있는 조망이 뛰어난 백두대간 구간을
다녀왔다.
이번 산행은 대중교통을 이용했는데,
준비하는 과정부터 나름 또 다른 재미가 있었다.
구례역에서 버스로 갈아타고 천백 미터 고지 성삼재에 내려서
산행을 시작했다. 백두대간 종주를 처음 시작했을 때 이곳이 대간
시작점이었다.
그래서인지 감회가 더 새로웠다.
산꾼들의 그리움의 산, 지리산은 푸근하게 감싸주는 어머니의 모습
그대로였다.
지리산의 복이 가득 차 있다는 둥그렇게 솟은 만복대에 오르니 조망이
환상적이었다. 멀리 지리산 최고봉인 천왕봉부터 반야봉, 노고단,
그리고 산행 시작점인 성삼재도 한눈에 다 보였다.
겹겹이 이어진 아름답고 웅장한 산줄기를 보고 있으니
새삼 복을 받았다는 생각이 들었다.
'세상사 모든 걱정은 지나가는 작은 과정일 뿐이리라.'
얼마 안 있으면 이곳은 갈대밭을 이루고, 묵직하고 고상한 지리산의
가을빛으로 물들어 가겠지….
하산 후 남원역 근처 작은 마을식당에서 저녁을 먹고 귀경버스에
올랐다.

흐르는 산 백운산

혼합재료, 90.9×65.1cm, 2020

황금빛

깊은 가을 햇살이 좋은 날,
지리산권에서 덕유산권으로 이어지는 남부지방으로 내려갔다.
숲속 오름 길을 한참 올라가다 보니 어느 순간 턱 하니 백운산이 반갑게
모습을 드러냈다.
백운산은 의연하고 늠름한 모습으로 햇살에 빛나고 있었다.
만추의 색이 햇살을 받아 황금색과 오렌지빛이었다.
백운산을 바라보며 부드러운 산길을 따라 정상으로 올라갔다.
정상은 멀리 지리산 천왕봉부터 덕유산으로 이어지는 능선을
한눈에 볼 수 있어 전망이 최고였다.
하산하며 산죽이 허리까지 오는 평화로운 산길을 걸으니
마음이 고요해졌다.
산 안은 흐르는 생명의 기운이 가득했다.
나도 그 안에 있었다.

흐르는 산 조령산

혼합재료, 65.1×50cm, 2021

공짜는
없다

수안보에서 일박하고 다음 날 일찍 이화령으로 이동, 산행을 시작했다.
일기예보는 열한 시부터는 날씨가 개고 해가 뜬다고 했는데,
산은 오전 내내 운무에 꽉 차 있었고 가끔 비까지 후드득후드득 떨어졌다.
조령산에 올랐지만 멋진 조망은커녕 십 미터 앞도 안 보였다.
산중이 온통 하얀 운무 덩어리여서 기분까지 묘했다.
길 잃으면 안 된다는 두려움은 있었지만, 분위기가 나쁘지는 않았다.
영화의 한 장면 같은 산속을 계속 걸었다.

운무와 안개 속을 걷다 보니 마음이 고요해졌다.
조령산을 지나 신선암봉을 오르기 직전이었다.
내리막길에서 멋진 풍광을 만났다.
하얗게 꽉 차 있던 운무가 강한 바람으로 빠르게 밀려가자
눈앞에 멋진 산의 모습이 조금씩 드러나기 시작했다.
하얀 운무가 걷히며 언뜻 모습을 드러낸 커다란 초록산은 감동이었다.
가까이에서 마주한 거대한 자연의 움직임을 보고 있으니 가슴이 벅찼다.
신선암봉을 지나고 일 킬로미터 정도의 힘든 밧줄 구간을 지나며
날씨는 점차 개어갔다.
밧줄 설치가 될 만큼 험한 바윗길 긴 구간이었는데 풍광은 너무 멋졌다.
바위를 타며 어려움 속에서 보는 풍경이라 더 아름다웠던가….
아무튼 세상에 공짜는 없다는 걸 몸으로 깨달았다.
종일 짙은 운무와 함께 했던 암릉 구간도 길었던 스릴 만점 산행이었다.

흐르는 산 지리산 천왕봉

혼합재료, 90.9×65.1cm, 2021

무념무상

백무동 계곡에서 천왕봉을 오르내리는 원점회귀 산행을 했다.
칠 킬로미터 남짓만 오르면 남한 내륙에서 가장 높은 지리산 천왕봉을 만날 수
있는 최단 거리 산행 코스다.
하지만 끝없는 백무동 계곡 길을 오르는 건 긴 고행의 시간이다.
드디어 마당뷰가 아름다운 장터목 대피소에 다다랐다. 잠시 숨을 돌린 후
배낭을 대피소에 내려놓고 통천문을 지나 천왕봉 정상에 올랐다. 오랜 시간을
거쳐 자연의 변화로 빚어진 천왕봉 정상의 모습은 언제 봐도 웅장하고 멋졌다.
백두대간을 받치고 있는 시작점인 지리산의 위용이 충분히 느껴졌다.
정상의 너른 바위 한 켠에 앉아 수많은 산봉우리 아래로 잠겨 있는 새하얀
운해를 한참 바라보았다.
따가운 햇살로 오른편에 잠겨 있던 운해가 요동을 치며 하늘로 높이
솟아올랐다. 자연의 순환을 바로 앞에서 지켜보자니 나 또한 대자연의 일부가
되는 기분이었다.
무념무상의 시간이었다.

흐르는 산 설악산 대청봉에서

혼합재료, 116.8×80.3cm, 2021

멋진
가을날

가을 설악을 보려고 오색 가는 시외버스 첫차를 탔다.
오색코스는 대청봉까지 가장 빠르게 오를 수 있지만 가파르기로 유명하다.
남설악 탐방지원센터에서 산행을 시작했다.
가파른 오름 길이지만 계곡을 따라 쉴 곳도 있고, 뒤돌아보면 가까이 이어진
강원도의 산들도 볼 수 있는 오색의 아침은 상쾌하고 반가웠다.
대청봉에 올라 설악과 저 멀리 동해를 바라보니 거침없는 풍광에
가슴까지 시원해졌다.
바라만 봐도 정겹고 넉넉해지는 설악의 모습이다.
설악은 주황색 단풍 가을빛으로 곱게 물들어 가고 있었다.
대청봉 정상 바람이 너무 세고 차가워서 오래 있지 못해 아쉬웠다.
대청봉에서 서북 능선으로 이어지는 숲길에 마가목 열매가 곳곳에 가득
열려 있었다.
이 계절에 설악산을 빨갛게 물들인 마가목 열매가 참 예쁘다.
한계령으로 내려오니 이미 캄캄한 밤이었다.
붉은 설악에서 온전히 하루를 보낸 멋진 가을날이었다.

PART 05 ———

백
두
대
간

겨
울

흐르는 산 소백산

혼합재료, 116.8×80.3cm, 2019

설국의
산

'바람의 산'이라는 소백산은 첫 대간 산행 때 보았던 모습이 가장 기억에
남아 있다. 눈에 덮여 산이 눈 속에 푹 잠겨 있던 기억이 강렬해서
소백산 하면 나에겐 설국의 산으로 떠오른다.
하얀 눈에 덮인 능선이 겹겹이 이어져 있었는데, 그 사이에서 마치
신선이라도 나올 듯한 모습이 장관이었다.
대피소에서 하룻밤 자고 아침에 제2연화봉에서 보았던 운무에 잠겨 있는
소백은 하얀 눈 속에서 더욱 아름다웠다.
아직 여명의 빛이 남아있었고, 운무에 쌓인 소백을 배경으로 즐겁게
사진을 찍는 사람들은 마치 소백과 하나가 된 모습이었다.
끝없는 능선이 저 멀리 하늘과 맞닿아 있어 동화 속 세상에 와 있는 것 같은
소백의 아침이었다.

흐르는 산 덕유산

혼합재료, 40.9×27.3cm, 2024

눈 덮인
산길

겨울 산으로 유명한 덕유산의 눈 덮인 산길을 걷는 행운을 얻은 날이다.
덕유산 서봉에 오르니 맞은편 남덕유산이 마치 손에 잡힐 듯이 우뚝 서
있었다. 남덕유산의 정상부가 한눈에 꽉 차게 보였고,
그 뒤로 드넓은 하늘과 능선들이 이어졌다.
하얀 눈으로 더욱 빛나는 정답고 아름다운 덕유산 능선이다.
덕유산 큰 산을 오르고 내려오는데 힘은 들었지만 유난히 파란 하늘과
새하얀 눈이 가득해서 상쾌했던 눈 산행이었다.

흐르는 산 지리산 노고단에서

혼합재료, 53×45.5cm, 2024

오렌지빛

유난히 추웠던 겨울날, 지리산 노고단에 올랐다.

일출을 볼 수 있었던 복 받은 날이었지만, 노고단 바람이 하도 세차서
손에 꼽을 만큼 기억에 남는 날이 되었다.

몸이 휘청거려서 중심을 잃고 떠밀릴 정도로 강력한 바람이었다.

세찬 바람에 몸을 가누기 힘들었지만, 오렌지빛 일출은 황홀한 화려함으로
하늘을 꽉 채우고 있었다.

너무 강한 바람과 급감한 새벽 기온으로 오래 있을 수 없었는데,
내려오는 길이 아쉽기만 했다.

오렌지빛 하늘과 하얀 상고대는 자연이 빚은 예술이었다.

흐르는 산 오대산 갈전곡봉

혼합재료, 90.9×65.1cm, 2020

여명

백두대간을 종주하다 보면 무박 산행을 피할 수 없는 구간이 있다.
중간에 하산할 산길이 마땅치 않기 때문이다.
이번 산행도 역시 중간에 탈출할 수 없는 곳이라
무박 산행을 해야 하는 구간이다.
밤새 차량 이동 후 캄캄한 새벽에 산행을 시작했다.
이날의 가장 높은 봉우리 갈전곡봉을 지날 때였다.
저 멀리 짙은 블루 빛을 띤 산 실루엣 위로 차츰 여명이 밝아오고 있었다.
그렇게 짙은 오렌지 핑크빛 여명은 처음이었다.
걸음을 멈추고 짙은 블루와 오렌지빛의 강렬한 대비를 한참 동안
바라보았다. 깊은 산에서 이런 화려한 보색 대비를 만나다니
감동적이고 또 감사했다.
어둠 속에서 어김없이 찾아오는 여명처럼
새해에도 희망이 가득하길 바라 보았다.
겨울이라 산행 내내 마른 나뭇가지들만 빼곡했는데,
그 가지들 끝에 겨울눈이 크게 툭툭 다 올라와 있었다.
예쁘기도 하지….
이 추운 겨울에도 산은 계속 움직이고 있었구나!
이제 얼마 안 있어 훈풍이 불면 겨울눈에서 연한 새순이 움틀 것이다.

흐르는 산 석병산에서

혼합재료, 90.9×65.1cm, 2020

중요한
것

따스한 겨울날이라 눈이 많이 녹아서 아이젠을 신지 않고 산행을 할 수
있어 편하고 좋았다.
산행 초반에 석회석 채굴 중인 자병산을 만났다.
몇 년 전보다 더 움푹 깎여 들어간 자병산을 보니 마음이 너무 아팠다.
허연 몸을 드러낸 채 점점 사라져가는 자병산 모습은 너무도 처참했다.
백두대간 줄기를 끊는 자연 훼손은 생태계에도 단절을 불러오지 않을까?
자병산을 우회하여 돌로 쌓아진 석병산을 오르니 조망이 시원하게 트여
답답했던 마음이 잠시 위로받았다.
마른 가지들만 남은 겨울 산의 모습은 나름대로 운치가 있었다.
눈에 덮인 순백의 모습도, 화려한 초록으로 치장한 모습도 아니지만
앙상한 가지들만 있는 겨울 산은 산의 진솔한 모습을 보는 듯해 좋았다.
산은 계절마다 다른 아름다움으로 우리를 반겨준다.
이런 아름다운 자연은 후손들에게 물려줘야 할
가장 중요한 유산이 아닐까?
산행 내내 이런 생각들이 떠나지 않았다.
두리봉을 지나 삽당령까지 무성한 산죽 길을 따라 내려왔다.
겨울이지만 따뜻한 봄날 같은 산행이었다.

흐르는 산 고루포기산

혼합재료, 90.9×65.1cm, 2020

눈부신
푸르름

산행 전날 내린 눈 덕분에
몇 년 만에 눈이 무릎까지 차오른 심설 산행을 했다.
고루포기산에서 대관령, 선자령으로 이어지는 유명한 눈꽃 산행지인데
백두대간 마루금에 포함되어 있다.
마침 산행 전날 눈이 온 이 산길을 걷게 되다니 행운이다.
산행 들머리에 '백두대간 닭목령'이라고 쓰인 커다란 표지석을 지나
올랐더니 너른 터가 나왔는데 순백의 세상이었다. 누군가 눈을 보고
좋았는지 이리저리 걸었던 흔적이 흰 눈 위에 선들로 이어져 있었다.
산행 내내 하얀 설국을 여행하는 기분이었다. 눈 세상을 보니 마음속
어딘가에 숨어 있던 동심이 올라오는 것 같았다.
흰 눈과 함께 종일 기분이 좋았다.
산행 중에 눈에 덮인 잘생긴 아름드리 소나무들을 자주 만났는데,
소나무는 흰 눈 속에서 더 푸르게 빛나는 것 같다. 깊은 산중 추운 겨울에도
눈부신 푸르름으로 서 있는 소나무들을 보며 나도 늘 그 푸름을 잃지 않고
살고 싶다고 생각했다.

흐르는 산 봉화산에서

혼합재료, 72.7×53cm, 2021

선물

어느 해 겨울, 백두대간 봉화산을 올랐다.
밤사이 살포시 내린 눈으로 새하얀 눈 세상이었는데,
마침 크리스마스이브여서 멋진 성탄 선물 같은 산행이 되었다.
기온도 너무 낮지 않고 햇살도 좋아 포근한 눈꽃 산행을 내내 즐길 수 있었다.
눈이 드문 남부지방에서 그날은 손에 꼽을 만큼 흰 눈이 소복하게 내린
귀한 날이었으리라.
봉화산 봉수대에 올라서니 그 이름이 의미하는 것처럼 멀리까지 볼 수 있게
시야가 시원하게 탁 트여 있었다. 그만큼 조망이 아주 좋았다.
북으로는 백운산, 남으로는 멀리 지리산 천왕봉, 바래봉이 보였다.

아련한 눈꽃 산행의 기억 속 봉화산을 올해는 봄에 내려가고 싶다.
봉화산은 철쭉 군락지로도 유명한데, 눈 대신 온통 철쭉꽃으로 붉게 물들어
있을 봉화산의 변신한 모습을 보고 싶다.

흐르는 산 소백산

혼합재료, 90.9×72.7cm, 2021

설국

소백산은 여러 모습으로 기억되는 추억의 산이다.
푸근한 육산인 소백산은 봄에는 연한 분홍빛의 철쭉꽃으로 반겨주는
정겨운 산이고, 몸이 날아갈 만큼 세찬 칼바람으로 정신마저 아찔했던
바람의 산이기도 하다.
가장 기억에 남는 건 겨울 설국의 소백이다.
눈에 푹 잠겨 있던 소백산은 눈부신 겨울 햇살을 받고 찬란하게 빛나고
있었다. 산행하는 내내 끝없이 이어지는 능선과 드넓게 펼쳐져 있던
하늘을 바라보며 걸었다.
깨끗한 설국은 마음을 정화해 주었고,
산행이 끝날 즈음엔 무언가 희망을 갖게 하는 힘을 주었다.
그날의 기억을 잊지 못한다.
그 어떤 것도 열심히 살아가는 우리들의 삶을 막지 못하듯이 산을 향한
우리의 열정 또한 어느 것도 막지 못할 것이다.
이젠 기지개를 켜고 다시 산으로 가야겠다.
맑은 정기를 품은 산은 그때처럼 거기에 그대로 있기 때문이다.

흐르는 산 덕유산

혼합재료, 90.9×72.7cm, 2021

인생

덕이 많고 너그러운 모산, 덕유산에 올랐다.
육십령에서 산행을 시작하여 할미봉에 오르니 오늘 가야 할 서봉과
남덕유산이 모습을 드러냈다.
능선을 따라 계속 걸어가면 저 봉우리에 도달할 것이다!
서봉을 지나 남덕유산 정상에 오르니 향적봉(북덕유산)까지 이어지는
장쾌한 덕유산 능선이 한눈에 들어왔다.
올라온 길과 가야 할 길이 앞뒤로 다 보이는 남덕유산 정상에 머물며
잠시 상념에 잠겼다.
산을 오르는 것은 인생길과 닮아 있는 것 같다.
산을 올라야 저 멀리 새로운 세상을 볼 수 있다는 것,
오르지 않으면 볼 수 없다는 것을 깨닫는다.
올라오는 건 힘들지만 스스로 걸어왔기에
어느 길이나 소중하고 애틋한 길이다.
산 정상의 멋진 풍광은 올라올 때의 고단함을 잊게 한다.
잠시 쉬며 달콤한 꿀맛 같은 시간을 갖기도 한다.
산을 내려오며 겸손함을 배운다.
언젠가는 내려가야 한다는 것을 산은 묵묵히 알려준다.

아직 춥지만 바람과 햇살 속에 살포시 봄기운이 담겨 있었다.
눈이 녹아 산길은 질퍽거리고 미끄러웠다.
영각사로 하산하는데 바위틈에 흐르는 물소리가 유난히 힘찼다.
봄을 예고하는 희망의 물소리다.

흐르는 산 남덕유산

혼합재료, 90.9×65.1cm, 2021

아침 해

남덕유산을 오르기 위해 전날 밤 육십령에 도착했다.

육십령 식당에서 민박을 했는데, 홀이 제법 넓은 식당 겸 민박집이었다.

실내 벽 중앙에 산악회 리본들이 여러 줄로 가득히 매여 있는 게
인상적이었다.

몇십 년간 수많은 백두대간 산객을 맞았을, 이젠 팔순 할머니가 되신
인자한 사장님도 뵈었다.

늦은 시간에 찾아온 손님이 반가우신지 이런저런 산객들과의 추억이 담긴
이야기를 해 주셨다. 오래전 백두대간 선배 산악인들의 산 증언을 듣는 것
같았다.

다음 날 아침, 아직 컴컴한 일곱 시에 육십령에서 산행을 시작했다.

한 시간 정도 올라 할미봉에 도착하니,

아침 해를 받은 산이 온통 오렌지빛이다.

중간중간 하얀 눈과 오렌지빛의 백두대간 능선길이 한눈에 보였다.

붉은 해는 어둠에 잠긴 산을 깨우고

따뜻한 햇살로 산을 다시 꿈틀거리게 했다.

아침 태양 빛으로 산은 역동적인 모습이다.

저 멀리 보이는 서봉과 남덕유산 봉우리를 향해 힘차게 산행을 시작했다.

흐르는 산 지리산

혼합재료, 90.9×72.7cm, 2022

생명

지리산 노고단 일출산행을 했다.

산행 일에 기온이 급감해서 고민하다가, 계획대로 진행하기로 했다.

지리산 온천마을에서 일박을 하고 새벽 일찍 성삼재로 향했다.

노고단으로 올라가는 나무계단은 꽁꽁 얼어 있어서 아이젠을 신어야 했다.

계단 옆 너른 벌판의 나뭇가지들은 상고대에 쌓여 어둠 속에서도 밝은
하얀색이었다.

노고단에 오르니 바람이 예상보다 더 세서 일출을 기다리는 사람들이 몸을
가누기 힘들 정도였다.

바람을 막으려고 사람들이 돌탑 앞에서 옹기종기 모여 일출을 기다렸다.

일출이 시작되었다.

지리산의 산봉우리들이 겹겹이 펼쳐진 위로 질은 남색의 광활한 하늘에
가느다랗게 눈부신 태양이 점차 모습을 드러내기 시작했다.

태양이 점점 더 노랗고 붉게 하늘을 물들였다.

모였던 사람들이 여기저기서 탄성을 질렀다.

추위와 바람도 잊고 즐겁고 경건하게 해맞이를 했다.

따뜻한 태양 빛은 '생명' 그 자체와 같았다.

모든 것을 살게 하고 움직이게 하는 생명의 빛이었다.

아마도 추운 겨울날이라 더 강렬하게 태양을 느꼈으리라.

날이 이토록 춥지 않았으면 백두대간 능선을 따라 걷다가 피아골로
내려오려 했는데 너무 추운 날이라 일출 산행으로 만족해야 했다.

따뜻한 해를 품에 안고 하산했다.

흐르는 산 희양산

혼합재료, 90.9×72.7cm, 2022

큰 바위산

산 정상부가 거대한 바위들로 이루어진 희양산을 다녀왔다.
겨울의 끝자락이라 산의 나무들은 소나무 외엔 허옇고 빽빽하게 마른
가지들뿐이다.
진달래도 아직 없는 나른한 봄기운 속의 산은 삭막한 느낌과 함께 묘한
운치가 있었다.
몇 해 전 히말라야 트레킹을 하며 황량한 아름다움을 알게 되었다.
히말라야는 풍성하고 화려한 아름다움이 아닌
척박함 속에 아름다움이 있었다.
봄이 오기 직전의 이 계절이 그때의 느낌과 비슷하다.
구왕봉 정상을 조금 지났는데 거대한 바위산 희양산이 불현듯 앞에
나타났다. 백두대간 산줄기인 속리산에서부터 항상 저 멀리 보였던 허연
바위산이 바로 눈앞에 거대한 모습으로 서 있었다.
큰 바위산이 너무 가까이에서 크게 보이니 압도적이었다.
급경사 직벽 로프 구간도 있는 험하기로 유명한 희양산 정상을 오르는 건
체력과 끈기가 필요했다.
힘들게 오른 만큼 희양산은 멋진 조망을 품고 있었다.
멋지게 펼쳐진 산의 능선들을 한참 바라보며 기운을 충전한 후 하산을
시작했다.

흐르는 산 설악산 구곡담계곡

혼합재료, 72.7×72.7cm, 2025

동행

백두대간 산길을 걷노라면
언젠가 아주 예전에 이 길을 걸었을 선조들을 떠올리곤 한다.
내가 걷는 이 땅을 걸었을 누군가가 정답고 애틋하게 다가온다.
어떤 연유로 이런 호젓한 산길을 걸었을까?
이런 끝없는 산길을 넘어가야 했을 이유가 무엇이었을까….
정처 없이 걷다가 이 산까지 들어왔을 수도 있겠고,
혹은 아프신 부모님을 위해 약초를 구하러 깊은 산에 왔을 수도 있을
것이다. 청운의 꿈을 안고 굽이굽이 이 산길을
힘든 줄도 모르고 걸었던 발걸음도 있었을 것이다.
누군가가 있었다는 것은 시공을 초월해 반갑고 든든하기조차 하다.
나는 지금 이 길을 걷지만 훗날 이곳을 걸을 또 다른 누군가가 있을 것이다.
부디 이곳을 걸을 누군가도 훈훈하고 든든한 마음으로
이 길을 걷기를 바라본다.
혼자가 아니라고 따뜻하게 말해 주고 싶다.

흐르는 산
설악산 소청에서

혼합재료
53X72.7cm
2025

산의
표현

십오 년 전, 산행을 처음 시작하고 산에 매료되어 무조건 좋아서 산 그림을
그렸다.

그때는 사실적으로 그린 구상화였다.

장미 작업을 한창 하던 때라 산도 장미 작업의 연장선으로 섬세하게
표현했는데,

영 내가 느꼈던 산의 모습이 아니었다.

산은 수많은 시간과 무수한 자연환경에 의해 만들어진 거대한 자연인데,
사실적으로 담기엔 역부족이었다.

고민과 실패를 거듭하며 점차 산은 단순화되어 갔다.

단순하게 축약하면서 색과 질감으로 표현하니 내가 느낀 산과 훨씬
가까워져 갔다.

특히 미세한 돌가루를 물감과 함께 수십 번 중첩하여 쌓아 올렸다.

돌가루가 섞여 섬세한 표현은 불리했지만 깊이 있는 표현으로는 적절했다.

집약된 단순함과 찬란한 색들, 수십 번 쌓아 올려 중첩된 거칠어진 질감으로
산 그림은 완성되어 갔다.

152

흐르는 산 공룡능선

혼합재료, 162.2×112.1cm, 2024

설악

한계령에서 서북 능선을 지나 대청봉에 올랐다. 대청봉의 세찬 바람을
맞으면서도 드디어 설악에 올랐다는 안도와 함께 툭 터진 360도 멋진
풍경을 만끽할 수 있었다.
새로 리모델링한 희운각 대피소는 편백나무 향이 가득했고 쾌적해서
푹 잘 수 있었다. 대피소를 이용한 산행은 늦은 저녁의 고요한 산 풍경과
서늘한 아침 산의 모습을 볼 수 있어 참 좋다.
다음 날 아침 일찍 공룡능선으로 출발했다. 반짝이는 아침 햇살을 받으며
공룡능선을 걷는 것도 대피소를 이용하는 특권 중 하나다.
1275봉으로 가다보면 오른쪽으로 좁은 길이 있는데 그 길을 따라가면 작은
바위구멍이 있다. 공룡의 새로운 비경을 볼 수 있는 곳이다.
가끔 젊은 친구들은 아슬아슬하게 더 앞으로 나아가 사진도 찍고 스릴을
즐긴다. 나는 멀찍이서 그들을 바라본다.
에구, 위험해라…. 그만 빨리 다시 돌아오시오!
걱정도 잠시. 나 또한 비경에 빠져 그곳에서 한참을 서 있었다.
공룡능선을 통과하고 마등령에 올라 비선대로 내려왔다.
설악산의 매력에 이끌려 얼마 전 속초로 이주했다. 얼마나 머무를지 알 수는
없지만 좀 더 가까이에서 산을 바라보며 살고 싶었고, 언제든지 가고 싶으면
갈 수 있는 곳에서 살아보고 싶던 오랜 소망이 이루어졌다.
설악의 모습을 많이 담아 보고 싶다. 이제 곧 눈이 오면 얼마나 아름다울까!
봄이 오면 가지마다 터지는 연한 연둣빛 잎들의 하루하루 변하는 모습은
얼마나 경이로울까! 여름의 푸른 녹음을 보면 다시금 열정이 피어나리라.
설악의 멋진 자연에 한 발 더 가까이 와 있는 것 같아 행복하다.

PART 06 ————

서
울

흐르는 산 관악산

혼합재료, 72.7×72.7cm, 2024

비밀스런
뷰 포인트

국토의 칠십 퍼센트가 산인 우리나라.
아마도 그 덕에 누구나 정겨운 마음속의 동네 뒷산은 갖고 있을 것 같다.
나에겐 관악산이 그렇다.
십오 년간 백두대간의 거대한 산줄기 매력에 빠져 다닐 때도 틈틈이
오른 산이 관악산이었고, 히말라야에 갈 때도 연습장으로 삼았던 산이
관악산이었다.
관악산은 언제 가도 깨끗하고 정갈한 느낌이다. 바위와 암릉이 많아
쉬운 산은 아니지만 능선을 따라 조망이 시원하게 펼쳐지고
양지바른 환한 느낌이 좋다.
다만 서울에 있는 산이라서 높이 올라도 첩첩이 이어지는 산 대신에
서울시의 빽빽한 집들이 한눈에 들어오는 풍경이긴 하다.
하지만 높은 곳에서 멀리 보이는 수많은 집은 복잡하다기보다
평화롭게 보일 뿐이다.
멀리 북한산, 도봉산이 보이고 가까이 청계산의 산줄기들도
초록빛으로 이어져 보인다.
관음사 방면에서 능선을 따라 오르다 보면 삼거리가 나온다. 모르는
사람들은 그냥 지나갈 수 있는 그곳에서 조금만 안으로 올라서면 넓은
터가 나오는데, 정상 연주대와 그 밑으로 넓게 펼쳐지는 관악산의 모습을
한눈에 볼 수 있는 곳이다.
변하는 나뭇잎의 빛깔로 사계절을 잘 느낄 수 있는 장소이기도 하다.
바위에 기대앉아 웅장하게 펼쳐진 관악산의 위용을 볼 수 있는 나만의
비밀스러운 뷰 포인트다.

흐르는 산 북한산

혼합재료, 72.7×72.7cm, 2024

서울의
자부심

서울에 크고 아름다운 북한산이 있다는 것은 우리 민족의 자부심이고
자랑이라 생각한다. 산이 크기도 하지만 산 안의 풍경이 매우 웅장하고
수려하다. 바위와 암릉미는 절경이며 사계절의 변화 또한 화려하게
보여준다.
북한산은 산 정상부가 암봉이 많아서 마지막 오름에 어려움이 많았다.
처음 산행을 시작했을 때 백운대 정상 구간에서 몇 번을 망설이다가
겨우 올랐던 기억도 있고, 유난히 겁이 나는 날이면 이미 올랐던 적이
있었음에도 불구하고 마지막 몇 걸음을 앞두고 돌아서서 하산했던 날도
있었다.
하지만 눈 딱 감고 올라서면 넓은 암반의 백운대 정상은
거침없이 탁 트인 경치를 감동적으로 보여줬다.
가장 좋아하는 코스는 정릉탐방지원센터에서 시작해
칼바위 능선을 따라 오르는 것이다.
칼바위 정상에 서면 북한산 세 개의 고봉인 백운대, 인수봉, 망경대가
모여 있는 삼각산을 한눈에 볼 수 있다.
조용한 산봉우리 칼바위에 앉아서 한참을 멋진 봉우리들의 향연을
바라본다. 이 칼바위 정상을 지나서 대동문, 노적봉을 지나면 바로 저기
보이는 백운대에 갈 수 있는 것이다.

자연은 아름답다

안개 속 숲길 대야산

혼합재료, 90.9×72.7cm, 2013

처음 백두대간 종주를 마치며 첫 백두대간 산 그림 전시를 했다.
한 달에 두 번씩 산행, 이 년 반에 걸친 백두대간 산행은 많은 것을
가져다주었다.
몸과 마음도 건강해졌고, 강해졌으며 무엇보다 가장 큰 것은 너무나
아름다운 자연을 만난 것이었다.
전시 도록에 남겼던 작가 노트는 그 당시 벅찬 감동이 그대로 나타나 있는 것
같아 소개한다.

Kim, Yun Sook

Nature and Freedom

백 두 대 간

축제　백화산사다리재-문자리 | 120×60㎝ | acrylic on canvas | 2013

2013. 11. 22 (Fri) - 11. 28 (Thu)

예술의전당 한가람미술관 Gallery SEVEN 서울시 서초구 서초동 700 T. 02-580-1300

전시 도록

"살다 보면 뜻하지 않은 일이 계기가 되어 전혀 새로운 길을 가는 일이
종종 있다.
요즘 나에겐 백두대간이 그것이다. 힘들고 긴 여정의 산행이었다.
깊은 숲에 들어서면 여러 가지 위험이 뒤따른다. 기상의 악천후,
야생동물의 위협, 암릉, 절벽….
하지만 언제나 산행은 기쁨과 보람을 준다. 무엇보다 깊은 산의 풍광은
'자연은 아름답다'라는 경이로움과 감동을 주기에 충분하다.
산은 고요하며 따뜻한 품 안과 같고 인공적이지 않은 고상한 아름다움이
있다.
내 자리로 돌아와 캔버스 앞에 앉으면 그날의 햇살, 바람, 공기와 함께
잠시 현실을 잊고 대자연에서 뛰노는 '자유인'임을 느낀다.
다가갈수록 창작의 고통도 함께하지만 벅찬 기쁨을 주는 커다란 바다와
같은 예술의 세계처럼, 이제는 산도 커다란 미지의 세계이며 언제나
손짓하고 있는 듯하다."

가을 여행 탄항산

혼합재료, 120×60cm, 2013

도
판
색
인

흐르는 산 안나푸르나
8

흐르는 산 에베레스트
18

흐르는 산 에베레스트
20

흐르는 산 아마다블람
22

흐르는 산 안나푸르나
24

흐르는 산 안나푸르나
26

흐르는 산 안나푸르나
28

흐르는 산 에베레스트
30

흐르는 산 에베레스트
32

흐르는 산 에베레스트
34

흐르는 산 설악산 울산바위
38

흐르는 산 설악산 진달래
40

흐르는 산 부봉
42

흐르는 산 설악산 공룡능선
44

흐르는 산 소백산 국망봉
46

흐르는 산 영남 알프스
48

흐르는 산 설악산 공룡능선
50

흐르는 산 야생화
52

흐르는 산 속리산
54

흐르는 산 부봉
56

흐르는 산 야생화
58

흐르는 산 청화산
60

흐르는 산 황악산
62

흐르는 산 대야산에서
64

166

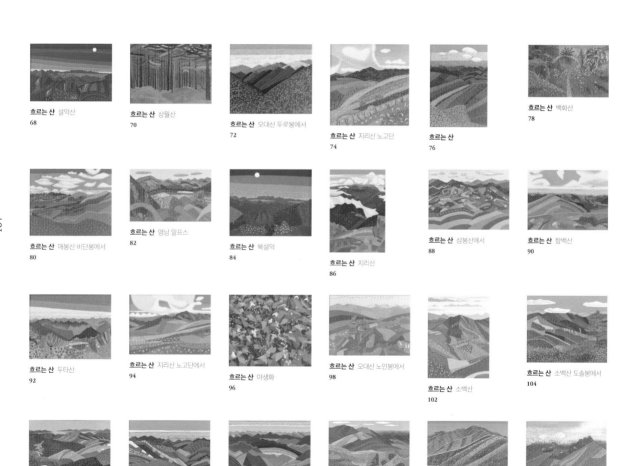

흐르는 산 설악산
68

흐르는 산 상월산
70

흐르는 산 오대산 두로봉에서
72

흐르는 산 지리산 노고단
74

흐르는 산
76

흐르는 산 백화산
78

흐르는 산 매봉산 비단봉에서
80

흐르는 산 영남 알프스
82

흐르는 산 북설악
84

흐르는 산 지리산
86

흐르는 산 삼봉산에서
88

흐르는 산 함백산
90

흐르는 산 두타산
92

흐르는 산 지리산 노고단에서
94

흐르는 산 야생화
96

흐르는 산 오대산 노인봉에서
98

흐르는 산 소백산
102

흐르는 산 소백산 도솔봉에서
104

흐르는 산 점봉산
106

흐르는 산 태백산 부쇠봉에서
108

흐르는 산 소백산
110

흐르는 산 지리산 만복대
112

흐르는 산 백운산
114

흐르는 산 조령산
116

167

흐르는 산 지리산 천왕봉
118

흐르는 산 설악산 대청봉에서
120

흐르는 산 소백산
124

흐르는 산 덕유산
126

흐르는 산 지리산 노고단에서
128

흐르는 산 오대산 갈전곡봉
130

흐르는 산 석병산에서
132

흐르는 산 고루포기산
134

흐르는 산 봉화산에서
136

흐르는 산 소백산
138

흐르는 산 덕유산
140

흐르는 산 남덕유산
142

흐르는 산 지리산
144

흐르는 산 희양산
146

흐르는 산 설악산 구곡담계곡
148

흐르는 산 설악산 소청에서
150

흐르는 산 공룡능선
152

흐르는 산 관악산
156

흐르는 산 북한산
158

안개 속 숲길 대야산
160

가을 여행 탄항산
164